L'ÉCOLE DES FEMMES

Molière

Fiche de lecture

Rédigée par Isabelle Consiglio, maitre en langues et littératures romanes
(Université libre de Bruxelles)

lePetitLittéraire.fr

Retrouvez tout notre catalogue sur www.lePetitLitteraire.fr
Avec lePetitLittéraire.fr, simplifiez-vous la lecture !

© Primento Éditions, 2011. Tous droits réservés.
4, rue Henri Lemaitre | 5000 Namur
www.primento.com
ISBN 978-2-8062-1351-8
Dépôt légal : D/2011/12.603/260

SOMMAIRE

L'ÉCOLE DES FEMMES

MOLIÈRE

Auteur de théâtre, Molière (1622-1673, né Jean-Baptiste Poquelin) est considéré comme l'un des plus importants écrivains de langue française. À la fois dramaturge, directeur de troupe, metteur en scène et acteur, il a connu un succès retentissant à la cour de Louis XIV avec ses comédies, toujours beaucoup étudiées et jouées aujourd'hui.

Guidé par le souci de plaire au public, Molière est parvenu à faire une synthèse entre la farce, la satire sociale et la comédie de mœurs. Son œuvre abondante comprend notamment *L'École des femmes* (1662), *Tartuffe* (1664), *Dom Juan* (1665) ou encore *L'Avare* (1668).

• **Né en 1622 à Paris et décédé en 1673**
• **Dramaturge, comédien et chef de troupe**
• **Quelques-unes de ses œuvres :**
Dom Juan (1665), théâtre
L'Avare (1668), théâtre
Le Bourgeois gentilhomme (1670), théâtre

Une pièce farcesque

Comédie en cinq actes et en vers présentée pour la première fois le 26 décembre 1662, *L'École des femmes* traite de l'histoire d'amour entre Horace et Agnès, jeune fille naïve promise au vieil Arnolphe. En exploitant le thème courant du vieil homme cocu, Molière reflète de manière polémique les considérations de son temps sur le mariage et la place de la femme au sein de la société.

La pièce mêle des éléments classiques de la farce à un contenu de portée satirique, ce qui a choqué le public le plus conservateur de l'époque. Molière répondra aux diverses critiques en écrivant en 1663 *La critique de l'École des femmes*, comédie reprenant les mêmes thématiques sous forme de dissertation.

1. RÉSUMÉ

Premier Acte

Arnolphe, vieil homme tyrannique, souhaite épouser la jeune Agnès dont il a pris en charge l'éducation dès le plus jeune âge. Contrainte de mener une vie recluse, celle-ci est d'une naïveté absolue. Le futur époux, qui redoute par-dessus tout de devenir un mari cocu, a développé une stratégie visant à limiter l'enseignement d'Agnès et à l'épouser au plus vite, ce malgré les mises en garde de son ami Chrysalde : « Oui ; mais qui rit d'autrui doit craindre qu'en revanche on rie aussi de lui » (acte I, scène I).

De retour d'un long voyage, Arnolphe rencontre le jeune Horace qui lui avoue son amour pour Agnès. Les deux jeunes gens se sont rencontrés à de nombreuses reprises en l'absence du maitre de maison. Arnolphe est aussi connu en ville sous le nom de Monsieur De La Souche, nom qu'il juge plus noble. Horace ignore donc qu'Arnolphe et Monsieur De La Souche ne font qu'un et lui confie son projet d'enlever Agnès des griffes du vieillard qui la retient prisonnière.

Deuxième acte

Rendu furieux par ce qu'il vient d'apprendre, Arnolphe cherche à en savoir plus sur la relation qui unit les jeunes gens. Interrogée, Agnès décrit sans détour les caresses et compliments que lui réserve Horace. Arnolphe la convainc de jeter une pierre à son amant qui l'attend à la fenêtre de sa chambre. Contrarié, le vieillard accélère les préparatifs de la noce en consultant son notaire.

Troisième acte

Arnolphe se livre à un long discours sur le mariage et l'obéissance. Agnès se doit d'apprendre par cœur les maximes qui le composent : en tant qu'épouse, elle ne doit par exemple recevoir personne en l'absence de son mari et ne pas paraitre belle aux yeux d'autres hommes. Arnolphe espère ainsi manipuler la jeune ingénue pour en faire une épouse docile et fidèle : « Comme un morceau de cire entre mes mains elle est, et je lui puis donner la forme qui me plait » (acte III, scène 3).

Malgré tous les efforts de son futur mari, Agnès fait preuve de sens critique et d'initiative puisqu'elle avait introduit, à l'insu de celui-ci, un billet doux dans la pierre lancée à Horace. Ce dernier, ignorant toujours qui est son confident, lit à Arnolphe la lettre de la jeune femme dans laquelle elle décrit ses sentiments à son égard ainsi que la conscience de son ignorance de la vie.

Quatrième acte

Arnolphe hésite à punir Agnès pour cet acte car il l'aime sincèrement. Alors que le notaire arrive pour convenir des détails du mariage, le vieillard apprend qu'une rencontre secrète a été organisée entre Horace et Agnès : le jeune homme doit s'introduire dans la chambre d'Agnès à l'aide d'une échelle. Arnolphe ordonne à ses deux valets, Alain et Georgette, de frapper Horace dès qu'il se présentera à la fenêtre. Par ailleurs, Chrysalde ne comprend pas la hantise de son ami car, selon lui, l'honneur des hommes se mesure à bien d'autres choses que la fidélité de son épouse.

Cinquième acte

Horace est assommé par les deux valets. Craignant qu'il ne soit mort, ces derniers font appel à Arnolphe. Dans la confusion générale, Agnès parvient à s'échapper de sa chambre et déclare son amour à Horace. Ce dernier projette d'enlever la jeune fille et souhaite la cacher en lieu sûr pendant quelques jours. Se dissimulant sous son manteau pour ne pas être reconnu d'Agnès, Arnolphe propose d'héberger celle-ci chez lui. Remarquant la supercherie, Agnès avoue avec franchise qu'Arnolphe n'a pu se faire aimer d'elle en raison de sa conception triste et directive du mariage. En réponse à cet aveu, le vieil homme menace de la mettre au couvent.

Désespéré, Horace apprend l'arrivée prochaine d'Oronte, son père. Ce dernier lui annonce qu'il a déjà convenu d'une union pour son fils. Chrysalde révèle sans y prendre garde qu'Arnolphe se fait également appelé Monsieur De La Souche. Or, c'est sous ce nom qu'Horace connait l'homme qui retient Agnès prisonnière. Enrique, le beau-frère de Chrysalde, reconnait Agnès comme étant sa fille. Issue d'une union cachée, elle avait été confiée à une paysanne, puis à Arnolphe. Le mariage entre Agnès et Horace peut donc avoir lieu avec le consentement de leurs parents, puisque c'est Agnès qu'Oronte avait dans le secret promise à son fils.

2. ÉTUDE DES PERSONNAGES

Arnolphe

Vieil homme au tempérament grincheux et avare, Arnolphe désire par-dessus tout s'assurer la sécurité d'une épouse qui ne le rendra pas cocu. Il représente en cela la figure classique du barbon voulant s'attirer les faveurs d'une très jeune femme. Manipulateur et jaloux, il déploie de multiples ruses afin d'éloigner le jeune Horace, vu comme un véritable prédateur. Il tient en horreur les femmes savantes et avoue lui-même préférer « [...] une laide bien sotte qu'une femme fort belle avec beaucoup d'esprit » (acte I, scène I).

Arnolphe inspire peu de sympathie aux spectateurs de la pièce. Il avoue cependant aimer sincèrement la jeune Agnès.

Agnès

Jeune fille élevée recluse dans un couvent et privée d'éducation, Agnès est issue d'une union scandaleuse. Encore enfant, elle est confiée à des paysans, puis à Arnolphe qui projette déjà de l'épouser. Agnès est, au début de la pièce, l'incarnation du personnage de l'ingénue : d'une naïveté qui frôle le ridicule, elle n'a pas conscience du caractère peu envieux de sa situation. Insistant sur ses activités de couture qui semblent l'occuper la majeure partie de la journée, Agnès ne semble pas saisir toutes les allusions du discours d'Arnolphe :

> Agnès : Que, si cela se fait, je vous caresserai !
>
> Arnolphe : Hé ! la chose sera de ma part réciproque.
>
> Agnès : Je ne reconnais point, pour moi, quand on se moque.
> Parlez-vous tout de bon ? (acte II, scène V)

Cependant, la jeune femme remet en question l'éducation d'Arnolphe au contact d'Horace. Elle fait preuve d'esprit critique et de ruse (notamment en dissimulant le billet adressé à Horace). Le personnage d'Agnès n'est donc pas aussi lisse qu'il n'y paraît à première vue et fait preuve d'une certaine complexité psychologique. Sa passion pour Horace l'ouvre au monde, à la différence de celle qu'éprouve Arnolphe pour elle.

Horace

Jeune homme de bonne famille, Horace est l'incarnation de la figure du jeune premier : jeune, beau et charismatique, il est irréprochable sur le plan moral, contrairement à Arnolphe. Amoureux fou d'Agnès dès le premier regard, il fait de son ennemi son confident, trompé par son nom d'emprunt.

Horace semble s'opposer à la conception de l'éducation de la femme prônée par Arnolphe. Au contraire, il a une haute estime de l'amour, auquel il voue une admiration quasi contemplative : « L'amour sait-il pas l'art d'aiguiser les esprits ? / Et peut-on nier que ses flammes puissantes / Ne fassent dans un cœur des choses étonnantes ? » (acte III, scène IV). Il peut finalement épouser Agnès grâce à son obstination et aux ruses qu'il déploie, mais surtout grâce à l'arrivée de son père et à la révélation des origines d'Agnès.

Chrysalde

Ami et confident d'Arnolphe, Chrysalde incarne la force modératrice de la pièce. Ses interventions peu nombreuses ont toujours lieu à des moments-clés de l'intrigue. Sorte de voix de la sagesse, il résonne Arnolphe et lui fait prendre conscience de ses excès. C'est également ce personnage qui clôture la pièce en lui donnant une morale : « Si n'être point cocu vous semble un si grand bien, / Ne point vous marier en est le vrai moyen » (acte V, scène IX).

Ce personnage joue également un rôle important quant à la résolution de l'intrigue de par les liens de parenté qui l'unissent à la jeune Agnès (il est l'oncle d'Agnès et le beau-frère d'Oronte).

Alain et Georgette

Couple de paysans et domestiques d'Arnolphe, Alain et Georgette évoquent davantage les personnages de la farce par leur comportement et leurs dires. Personnages simplets et bourrus, c'est grâce à eux que la rencontre entre Agnès et Horace est rendue possible en l'absence du maitre de maison.

Le comique introduit par ces deux personnages est davantage visuel et grotesque en comparaison avec les ruses déployées par Horace et Agnès. C'est par exemple le cas lors de la scène du retour d'Arnolphe (acte I, scène II) : les deux domestiques se disputent pour savoir lequel d'entre eux ira ouvrir au maitre. Autre exemple de ce comique visuel : la bastonnade que reçoit Horace, scène typique de la farce (acte V, scène I).

3. CLÉS DE LECTURE

La place de la femme : un débat de l'époque

Le thème central de *L'École des femmes* est l'éducation et la place que la société doit accorder à la gent féminine. Si le personnage d'Arnolphe fait preuve d'une misogynie déconcertante, au point qu'il est certainement devenu un modèle de ce genre de comportement, il ne faut cependant pas lire la pièce en y projetant des concepts actuels tels que le féminisme. En effet, la pièce renvoie à un contexte historique précis : l'époque de l'écriture de la comédie est celle d'importants bouleversements socioculturels. La première moitié du XVIIe siècle voit se constituer les salons littéraires. Fondés en réaction à l'esthétique parfois vulgaire de l'époque, c'est dans ces salons qu'émerge le courant de la Préciosité. Recherchant avant tout le raffinement dans le verbe et dans le comportement en général, ce mouvement attire de nombreuses personnalités féminines. C'est dans ces salons précieux que naissent les débats concernant l'éducation des jeunes filles et les mariages, relayés par la pièce de Molière.

Souvent raillé et caricaturé (notamment par Molière lui-même dans *Les Précieuses ridicules* en 1659), la Préciosité offre cependant une occasion aux femmes de l'époque de s'exprimer.

La comédie de Molière s'inscrit donc dans un contexte historique précis. Son but n'est pas uniquement de provoquer le rire des spectateurs, mais reflète certaines préoccupations de l'époque, ce qui renouvelle le répertoire du genre comique.

La comédie d'intrigue

Si cet aspect qui a choqué le public le plus conservateur, c'est surtout par sa forme et sa construction que *L'École des femmes* a suscité la polémique. Molière renouvelle le genre comique par divers moyens :

- La pièce est la première comédie à adopter **la structure des cinq actes en vers et à exister de manière indépendante** (la plupart des comédies ou des farces étaient à l'époque jouées en complément d'une autre pièce). Elle adopte ainsi une structure rappelant davantage celle de la **tragédie classique**. Cependant, *L'École des femmes* **ne respecte pas la règle d'unité d'action** puisque la pièce n'en comporte que très peu. C'est le procédé du récit successif qui est utilisé : Horace raconte à Arnolphe ses conversations avec Agnès. De nombreuses scènes sont uniquement contées et non représentées (c'est par exemple le cas du coup de bâton donné à Horace).

- La comédie de Molière reprend certains thèmes et situations appartenant à la **tradition de la farce**. Ce genre comique et populaire se caractérisait par la présence de personnages à la **psychologie peu élaborée** et de **situations grotesques et vulgaires**. Ces éléments sont présents dans la comédie à travers **le duo de valets Alain et Georgette**. Par une **construction élaborée des dialogues**, Molière enlève une part de vulgarité à ce genre souvent très gestuel.

- Le contenu de *L'École des femmes* fait appel au répertoire classique de situations **comiques** que le spectateur peut aisément identifier. C'est par exemple le cas du thème du **barbon cocufié** (représenté par le personnage d'Arnolphe) ou de la **précaution inutile**, thème couramment exploité à l'époque. En effet, malgré toutes les ruses déployées par Arnolphe, Agnès lui échappe finalement car il ne peut empêcher la naissance de son amour pour Horace. L'intrigue prend fin via un évènement inattendu : la révélation des origines d'Agnès. **La découverte soudaine d'une parenté** est également fréquemment présente dans le genre comique. Malgré la présence de ces éléments familiers, le contenu de *L'École des femmes* reflète des **préoccupations contemporaines** et est traité de **manière polémique**.

En introduisant des éléments appartenant à la tradition de la farce à la structure classique de la tragédie, Molière opère une synthèse des genres et c'est ce qu'on a à l'époque principalement reproché à l'auteur. Quant à l'aspect polémique du contenu de la pièce, il offre une plus grande légitimité au genre comique.

Différents procédés comiques

Par les diverses influences qu'elle contient, la comédie introduit différents procédés comiques fonctionnant soit par le texte, soit par la gestuelle :

- Les personnages d'Alain et de Georgette introduisent le **rire franc de la farce**. Ils sont à l'origine d'un **comique de situation**. C'est par exemple le cas lorsqu'ils se querellent pour savoir qui ira ouvrir au maitre (acte I, scène II). La scène de l'arrivée du notaire (acte IV, scène II), dans laquelle **Arnolphe ne voit pas son interlocuteur et ignore sa conversation** est également représentative du répertoire comique de la farce

- Le comique est également introduit par **le récit des divers évènements** rapportés successivement par Arnolphe et Horace. Un **quiproquo** nait entre les deux hommes puisque le jeune Horace ignore que son confident est le barbon qui se fait également appelé Monsieur De La Souche. Cette situation de confusion est exploitée durant toute la pièce, et donne lieu à de **nombreux dialogues comiques** pour le spectateur qui, à l'inverse des personnages possède une vision globale de la situation (cfr. acte III, scène IV lorsque Horace demande à Arnolphe de rire de la lettre qu'Agnès a su trans mettre en trompant le vieux barbon)

- Le procédé de **l'équivoque de langage** est surtout utilisé dans les dialogues entre Agnès et Arnolphe, ce qui donne lieu à certains **sous-entendus** qu'une fois de plus seuls les spectateurs comprennent (Acte II, scène V) :

> Arnolphe : Outre tous ces discours, toutes ces gentillesses,
>
> Ne vous faisait-il point aussi quelques caresses ?
>
> Agnès : Oh tant ! Il me prenait et les mains et les bras,
>
> Et de me les baiser il n'était jamais las
>
> Arnolphe : Ne vous a-t-il point pris, Agnès, quelque autre chose ?

4. PISTES DE RÉFLEXION

Quelques questions pour approfondir sa réflexion...

- En quoi Arnolphe représente-t-il une figure classique de la comédie ? Trouvez des exemples de personnages du même type dans d'autres pièces.

- Selon vous, *L'École des femmes* est-elle une pièce féministe ? Justifiez.

- Quel objectif général Molière poursuit-il à travers toutes ses comédies ?

- Contre quoi Molière dirige-t-il sa critique dans cette pièce en particulier ?

- En quoi la structure de la pièce rappelle-t-elle celle de la tragédie classique ?

- Qu'est-ce qui relève de la farce dans cette œuvre ?

- Quels sont les différents procédés comiques utilisés par l'auteur ?

- Pourquoi la *Critique de l'École des femmes* peut-elle être perçue comme la suite de *L'École des femmes* ?

- Cette pièce marque le début de la collaboration de Molière avec le roi Louis XIV. Celle-ci est-elle perceptible dans l'œuvre ? Justifiez.

5. INFORMATIONS COMPLÉMENTAIRES

Molière et le roi :

- *L'École des femmes* marque le début du règne de Louis XIV et de l'importante collaboration artistique entre le souverain, qui met en place le mécénat d'État, et Molière. La comédie fait partie d'une trilogie exploitant le thème du mari cocu : *Sganarelle ou Le Cocu imaginaire* en 1660, *L'École des maris* en 1661 et, enfin, *L'École des femmes* en 1662.

Édition de référence :

- Molière, *L'École des femmes*, Paris, Gallimard, 2004.

Citations littéraires :

- André Gidé est l'auteur en 1929 d'un roman également intitulé *L'École des femmes*. Le récit est celui d'une vie conjugale à travers des points de vue successifs : celui du mari, celui de l'épouse et celui de leur fille.

LePetitLittéraire.fr, une collection en ligne d'analyses littéraires de référence :
- des fiches de lecture, des questionnaires de lecture et des commentaires composés
- sur plus de 500 œuvres classiques et contemporaines
- ... le tout dans un langage clair et accessible !

Connectez-vous sur lePetitlittéraire.fr et téléchargez nos documents en quelques clics :

Adamek, *Le fusil à pétales*
Alibaba et les 40 voleurs
Amado, *Cacao*
Ancion, *Quatrième étage*
Andersen, *La petite sirène et autres contes*
Anouilh, *Antigone*
Anouilh, *Le Bal des voleurs*
Aragon, *Aurélien*
Aragon, *Le Paysan de Paris*
Aragon, *Le Roman inachevé*
Aurevilly, *Le chevalier des Touches*
Aurevilly, *Les Diaboliques*
Austen, *Orgueil et préjugés*
Austen, *Raison et sentiments*
Auster, *Brooklyn Folies*
Aymé, *Le Passe-Muraille*
Balzac, *Ferragus*
Balzac, *La Cousine Bette*
Balzac, *La Duchesse de Langeais*
Balzac, *La Femme de trente ans*
Balzac, *La Fille aux yeux d'or*
Balzac, *Le Bal des sceaux*
Balzac, *Le Chef-d'oeuvre inconnu*
Balzac, *Le Colonel Chabert*
Balzac, *Le Père Goriot*
Balzac, *L'Elixir de longue vie*
Balzac, *Les Chouans*
Balzac, *Les Illusions perdues*
Balzac, *Sarrasine*
Balzac, *Eugénie Grandet*
Balzac, *La Peau de chagrin*
Balzac, *Le Lys dans la vallée*
Barbery, *L'Elégance du hérisson*
Barbusse, *Le feu*
Baricco, *Soie*
Barjavel, *La Nuit des temps*
Barjavel, *Ravage*
Bauby, *Le scaphandre et le papillon*
Bauchau, *Antigone*
Bazin, *Vipère au poing*
Beaumarchais, *Le Barbier de Séville*
Beaumarchais, *Le Mariage de Figaro*
Beauvoir, *Le Deuxième sexe*
Beauvoir, *Mémoires d'une jeune fille rangée*
Beckett, *En attendant Godot*
Beckett, *Fin de partie*
Beigbeder, *Un roman français*
Benacquista, *La boîte noire et autres nouvelles*
Benacquista, *Malavita*
Bourdouxhe, *La femme de Gilles*
Bradbury, *Fahrenheit 451*
Breton, *L'Amour fou*
Breton, *Le Manifeste du Surréalisme*
Breton, *Nadja*
Brink, *Une saison blanche et sèche*

Brisville, *Le Souper*
Brönte, *Jane Eyre*
Brönte, *Les Hauts de Hurlevent*
Brown, *Da Vinci Code*
Buzzati, *Le chien qui a vu Dieu et autres nouvelles*
Buzzati, *Le veston ensorcelé*
Calvino, *Le Vicomte pourfendu*
Camus, *La Chute*
Camus, *Le Mythe de Sisyphe*
Camus, *Le Premier homme*
Camus, *Les Justes*
Camus, *L'Etranger*
Camus, *Caligula*
Camus, *La Peste*
Carrère, *D'autres vies que la mienne*
Carrère, *Le retour de Martin Guerre*
Carrière, *La controverse de Valladolid*
Carrol, *Alice au pays des merveilles*
Cassabois, *Le Récit de Gildamesh*
Céline, *Mort à crédit*
Céline, *Voyage au bout de la nuit*
Cendrars, *J'ai saigné*
Cendrars, *L'Or*
Cervantès, *Don Quichotte*
Césaire, *Les Armes miraculeuses*
Chanson de Roland
Char, *Feuillets d'Hypnos*
Chateaubriand, *Atala*
Chateaubriand, *Mémoires d'Outre-Tombe*
Chateaubriand, *René* 25
Chateaureynaud, *Le verger et autres nouvelles*
Chevalier, *La dame à la licorne*
Chevalier, *La jeune fille à la perle*
Chraïbi, *La Civilisation, ma Mère!...*
Chrétien de Troyes, *Lancelot ou le Chevalier de la Charrette*
Chrétien de Troyes, *Perceval ou le Roman du Graal*
Chrétien de Troyes, *Yvain ou le Chevalier au Lion*
Chrétien de Troyes, *Erec et Enide*
Christie, *Dix petits nègres*
Christie, *Nouvelles policières*
Claudel, *La petite fille de Monsieur Lihn*
Claudel, *Le rapport de Brodeck*
Claudel, *Les âmes grises*
Cocteau, *La Machine infernale*
Coelho, *L'Alchimiste*
Cohen, *Le Livre de ma mère*
Colette, *Dialogues de bêtes*
Conrad, *L'hôte secret*
Conroy, *Corps et âme*
Constant, *Adolphe*
Corneille, *Cinna*

Corneille, *Horace*
Corneille, *Le Menteur*
Corneille, *Le Cid*
Corneille, *L'Illusion comique*
Courteline, *Comédies*
Daeninckx, *Cannibale*
Dai Sijie, *Balzac et la Petite Tailleuse chinoise*
Dante, *L'Enfer*
Daudet, *Les Lettres de mon moulin*
De Gaulle, *Mémoires de guerre III. Le Salut. 1944-1946*
De Lery, *Voyage en terre de Brésil*
De Vigan, *No et moi*
Defoe, *Robinson Crusoé*
Del Castillo, *Tanguy*
Deutsch, *Les garçons*
Dickens, *Oliver Twist*
Diderot, *Jacques le fataliste*
Diderot, *Le Neveu de Rameau*
Diderot, *Paradoxe sur le comédien*
Diderot, *Supplément au voyage de Bougainville*
Dorgelès, *Les croix de bois*
Dostoïevski, *Crime et châtiment*
Dostoïevski, *L'Idiot*
Doyle, *Le Chien des Baskerville*
Doyle, *Le ruban moucheté*
Doyle, *Scandales en bohème et autres contes*
Dugain, *La chambre des officiers*
Dumas, *Le Comte de Monte Cristo*
Dumas, *Les Trois Mousquetaires*
Dumas, *Pauline*
Duras, *Le Ravissement de Lol V. Stein*
Duras, *L'Amant*
Duras, *Un barrage contre le Pacifique*
Eco, *Le Nom de la rose*
Enard, *Parlez-leur de batailles, de rois et d'éléphants*
Ernaux, *La Place*
Ernaux, *Une femme*
Fabliaux du Moyen Age
Farce de Maitre Pathelin
Faulkner, *Le bruit et la fureur*
Feydeau, *Feu la mère de Madame*
Feydeau, *On purge bébé*
Feydeau, *Par la fenêtre et autres pièces*
Fine, *Journal d'un chat assassin*
Flaubert, *Bouvard et Pecuchet*
Flaubert, *Madame Bovary*
Flaubert, *L'Education sentimentale*
Flaubert, *Salammbô*
Follett, *Les piliers de la terre*
Fournier, *Où on va papa?*
Fournier, *Le Grand Meaulnes*

Frank, *Le Journal d'Anne Frank*
Gary, *La Promesse de l'aube*
Gary, *La Vie devant soi*
Gary, *Les Cerfs-volants*
Gary, *Les Racines du ciel*
Gaudé, *Eldorado*
Gaudé, *La Mort du roi Tsongor*
Gaudé, *Le Soleil des Scorta*
Gautier, *La morte amoureuse*
Gautier, *Le capitaine Fracasse*
Gautier, *Le chevalier double*
Gautier, *Le pied de momie et autres contes*
Gavalda, *35 kilos d'espoir*
Gavalda, *Ensemble c'est tout*
Genet, *Journal d'un voleur*
Gide, *La Symphonie pastorale*
Gide, *Les Caves du Vatican*
Gide, *Les Faux-Monnayeurs*
Giono, *Le Chant du monde*
Giono, *Le Grand Troupeau*
Giono, *Le Hussard sur le toit*
Giono, *L'homme qui plantait des arbres*
Giono, *Les Âmes fortes*
Giono, *Un roi sans divertissement*
Giordano, *La solitude des nombres premiers*
Giraudoux, *Electre*
Giraudoux, *La guerre de Troie n'aura pas lieu*
Gogol, *Le Manteau*
Gogol, *Le Nez*
Golding, *Sa Majesté des Mouches*
Grimbert, *Un secret*
Grimm, *Contes*
Gripari, *Le Bourricot*
Guilleragues, *Lettres de la religieuse portugaise*
Gunzig, *Mort d'un parfait bilingue*
Harper Lee, *Ne tirez pas sur l'oiseau moqueur*
Hemingway, *Le Vieil Homme et la Mer*
Hessel, *Engagez-vous!*
Hessel, *Indignez-vous!*
Higgins, *Harold et Maud*
Higgins Clark, *La nuit du renard*
Homère, *L'Iliade*
Homère, *L'Odyssée*
Horowitz, *La Photo qui tue*
Horowitz, *L'Île du crâne*
Hosseini, *Les Cerfs-volants de Kaboul*
Houellebecq, *La Carte et le Territoire*
Hugo, *Claude Gueux*
Hugo, *Hernani*
Hugo, *Le Dernier Jour d'un condamné*
Hugo, *L'Homme qui Rit*
Hugo, *Notre-Dame de Paris*
Hugo, *Quatrevingt-Treize*
Hugo, *Les Misérables*
Hugo, *Ruy Blas*
Huston, *Lignes de faille*
Huxley, *Le meilleur des mondes*
Huysmans, *À rebours*
Huysmans, *Là-Bas*
Ionesco, *La cantatrice Chauve*
Ionesco, *La leçon*
Ionesco, *Le Roi se meurt*
Ionesco, *Rhinocéros*
Istrati, *Mes départs*

Jaccottet, *A la lumière d'hiver*
Japrisot, *Un long dimanche de fiançailles*
Jary, *Ubu Roi*
Joffo, *Un sac de billes*
Jonquet, *La vie de ma mère!*
Juliet, *Lambeaux*
Kadaré, *Qui a ramené Doruntine?*
Kafka, *La Métamorphose*
Kafka, *Le Château*
Kafka, *Le Procès*
Kafka, *Lettre au père*
Kerouac, *Sur la route*
Kessel, *Le Lion*
Khadra, *L'Attentat*
Koenig, *Nitocris, reine d'Egypte*
La Bruyère, *Les Caractères*
La Fayette, *La Princesse de Clèves*
La Fontaine, *Fables*
La Rochefoucauld, *Maximes*
Läckberg, *La Princesse des glaces*
Läckberg, *L'oiseau de mauvais augure*
Laclos, *Les Liaisons dangereuses*
Lamarche, *Le jour du chien*
Lampedusa, *Le Guépard*
Larsson, *Millenium I. Les hommes qui n'aimaient pas les femmes*
Laye, *L'enfant noir*
Le Clézio, *Désert*
Le Clézio, *Mondo*
Leblanc, *L'Aiguille creuse*
Leiris, *L'Âge d'homme*
Lemonnier, *Un mâle*
Leprince de Beaumont, *La Belle et la Bête*
Leroux, *Le Mystère de la Chambre Jaune*
Levi, *Si c'est un homme*
Levy, *Et si c'était vrai...*
Levy, *Les enfants de la liberté*
Levy, *L'étrange voyage de Monsieur Daldry*
Lewis, *Le Moine*
Lindgren, *Fifi Brindacier*
Littell, *Les Bienveillantes*
London, *Croc-Blanc*
London, *L'Appel de la forêt*
Maalouf, *Léon l'africain*
Maalouf, *Les échelles du levant*
Machiavel, *Le Prince*
Madame de Staël, *Corinne ou l'Italie*
Maeterlinck, *Pelléas et Mélisande*
Malraux, *La Condition humaine*
Malraux, *L'Espoir*
Mankell, *Les chaussures italiennes*
Marivaux, *Les Acteurs de bonne foi*
Marivaux, *L'île des esclaves*
Marivaux, *La Dispute*
Marivaux, *La Double Inconstance*
Marivaux, *La Fausse Suivante*
Marivaux, *Le Jeu de l'amour et du hasard*
Marivaux, *Les Fausses Confidences*
Maupassant, *Boule de Suif*
Maupassant, *La maison Tellier*
Maupassant, *La morte et autres nouvelles fantastiques*
Maupassant, *La parure*
Maupassant, *La peur et autres contes fantastiques*
Maupassant, *Le Horla*
Maupassant, *Mademoiselle Perle et*

autres nouvelles
Maupassant, *Toine et autres contes*
Maupassant, *Bel-Ami*
Maupassant, *Le papa de Simon*
Maupassant, *Pierre et Jean*
Maupassant, *Une vie*
Mauriac, *Le Mystère Frontenac*
Mauriac, *Le Noeud de vipères*
Mauriac, *Le Sagouin*
Mauriac, *Thérèse Desqueyroux*
Mazetti, *Le mec de la tombe d'à côté*
McCarthy, *La Route*
Mérimée, *Colomba*
Mérimée, *La Vénus d'Ille*
Mérimée, *Carmen*
Mérimée, *Les Âmes du purgatoire*
Mérimée, *Matéo Falcone*
Mérimée, *Tamango*
Merle, *La mort est mon métier*
Michaux, *Ecuador et un barbare en Asie*
Mille et une Nuits
Mishima, *Le pavillon d'or*
Modiano, *Lacombe Lucien*
Molière, *Amphitryon*
Molière, *L'Avare*
Molière, *Le Bourgeois gentilhomme*
Molière, *Le Malade imaginaire*
Molière, *Le Médecin volant*
Molière, *L'Ecole des femmes*
Molière, *Les Précieuses ridicules*
Molière, *L'Impromptu de Versailles*
Molière, *Dom Juan*
Molière, *Georges Dandin*
Molière, *Le Misanthrope*
Molière, *Le Tartuffe*
Molière, *Les Femmes savantes*
Molière, *Les Fourberies de Scapin*
Montaigne, *Essais*
Montesquieu, *L'Esprit des lois*
Montesquieu, *Lettres persanes*
More, *L'Utopie*
Morpurgo, *Le Roi Arthur*
Musset, *Confession d'un enfant du siècle*
Musset, *Fantasio*
Musset, *Il ne faut juger de rien*
Musset, *Les Caprices de Marianne*
Musset, *Lorenzaccio*
Musset, *On ne badine pas avec l'amour*
Musso, *La fille de papier*
Musso, *Que serais-je sans toi?*
Nabokov, *Lolita*
Ndiaye, *Trois femmes puissantes*
Nemirovsky, *Le Bal*
Nemirovsky, *Suite française*
Nerval, *Sylvie*
Nimier, *Les inséparables*
Nothomb, *Hygiène de l'assassin*
Nothomb, *Stupeur et tremblements*
Nothomb, *Une forme de vie*
N'Sondé, *Le coeur des enfants léopards*
Obaldia, *Innocentines*
Onfray, *Le corps de mon père, autobiographie de ma mère*
Orwell, *1984*
Orwell, *La Ferme des animaux*
Ovaldé, *Ce que je sais de Vera Candida*
Ovide, *Métamorphoses*
Oz, *Soudain dans la forêt profonde*

Pagnol, *Le château de ma mère*
Pagnol, *La gloire de mon père*
Pancol, *La valse lente des tortues*
Pancol, *Les écureuils de Central Park sont tristes le lundi*
Pancol, *Les yeux jaunes des crocodiles*
Pascal, *Pensées*
Péju, *La petite chartreuse*
Pennac, *Cabot-Caboche*
Pennac, *Au bonheur des ogres*
Pennac, *Chagrin d'école*
Pennac, *Kamo*
Pennac, *La fée carabine*
Perec, *W ou le souvenir d'Enfance*
Pergaud, *La guerre des boutons*
Perrault, *Contes*
Petit, *Fils de guerre*
Poe, *Double Assassinat dans la rue Morgue*
Poe, *La Chute de la maison Usher*
Poe, *La Lettre volée*
Poe, *Le chat noir et autres contes*
Poe, *Le scarabée d'or*
Poe, *Manuscrit trouvé dans une bouteille*
Polo, *Le Livre des merveilles*
Prévost, *Manon Lescaut*
Proust, *Du côté de chez Swann*
Proust, *Le Temps retrouvé*
Queffélec, *Les Noces barbares*
Queneau, *Les Fleurs bleues*
Queneau, *Pierrot mon ami*
Queneau, *Zazie dans le métro*
Quignard, *Tous les matins du monde*
Quint, *Effroyables jardins*
Rabelais, *Gargantua*
Rabelais, *Pantagruel*
Racine, *Andromaque*
Racine, *Bajazet*
Racine, *Bérénice*
Racine, *Britannicus*
Racine, *Iphigénie*
Racine, *Phèdre*
Radiguet, *Le diable au corps*
Rahimi, *Syngué sabour*
Ray, *Malpertuis*
Remarque, *A l'Ouest, rien de nouveau*
Renard, *Poil de carotte*
Reza, *Art*
Richter, *Mon ami Frédéric*
Rilke, *Lettres à un jeune poète*
Rodenbach, *Bruges-la-Morte*
Romains, *Knock*
Roman de Renart
Rostand, *Cyrano de Bergerac*
Rotrou, *Le Véritable Saint Genest*
Rousseau, *Du Contrat social*
Rousseau, *Emile ou de l'Education*
Rousseau, *Les Confessions*
Rousseau, *Les Rêveries du promeneur solitaire*
Rowling, *Harry Potter–La saga*
Rowling, *Harry Potter à l'école des sorciers*
Rowling, *Harry Potter et la Chambre des Secrets*
Rowling, *Harry Potter et la coupe de feu*
Rowling, *Harry Potter et le prisonnier d'Azkaban*
Rufin, *Rouge brésil*

Saint-Exupéry, *Le Petit Prince*
Saint-Exupéry, *Vol de nuit*
Saint-Simon, *Mémoires*
Salinger, *l'attrape-coeurs*
Sand, *Indiana*
Sand, *La Mare au diable*
Sarraute, *Enfance*
Sarraute, *Les Fruits d'Or*
Sartre, *La Nausée*
Sartre, *Les mains sales*
Sartre, *Les mouches*
Sartre, *Huis clos*
Sartre, *Les Mots*
Sartre, *L'existentialisme est un humanisme*
Sartre, *Qu'est-ce que la littérature?*
Schéhérazade et Aladin
Schlink, *Le Liseur*
Schmitt, *Odette Toutlemonde*
Schmitt, *Oscar et la dame rose*
Schmitt, *La Part de l'autre*
Schmitt, *Monsieur Ibrahim et les fleurs du Coran*
Semprun, *Le mort qu'il faut*
Semprun, *L'Ecriture ou la vie*
Sépulvéda, *Le Vieux qui lisait des romans d'amour*
Shaffer et Barrows, *Le Cercle littéraire des amateurs d'épluchures de patates*
Shakespeare, *Hamlet*
Shakespeare, *Le Songe d'une nuit d'été*
Shakespeare, *Macbeth*
Shakespeare, *Romeo et Juliette*
Shan Sa, *La Joueuse de go*
Shelley, *Frankenstein*
Simenon, *Le bourgmestre de Fume*
Simenon, *Le chien jaune*
Sinbad le marin
Sophocle, *Antigone*
Sophocle, *Œdipe Roi*
Steeman, *L'Assassin habite au 21*
Steinbeck, *La perle*
Steinbeck, *Les raisins de la colère*
Steinbeck, *Des souris et des hommes*
Stendhal, *Les Cenci*
Stendhal, *Vanina Vanini*
Stendhal, *La Chartreuse de Parme*
Stendhal, *Le Rouge et le Noir*
Stevenson, *L'Etrange cas du Docteur Jekyll et de M. Hyde*
Stevenson, *L'Île au trésor*
Süskind, *Le Parfum*
Szpilman , *Le Pianiste*
Taylor, *Inconnu à cette adresse*
Tirtiaux, *Le passeur de lumière*
Tolstoï, *Anna Karénine*
Tolstoï, *La Guerre et la paix*
Tournier, *Vendredi ou la vie sauvage*
Tournier, *Vendredi ou les limbes du pacifique*
Toussaint, *Fuir*
Tristan et Iseult
Troyat, *Aliocha*
Uhlman, *L'Ami retrouvé*
Ungerer, *Otto*
Vallès, *L'Enfant*
Vargas, *Dans les bois éternels*
Vargas, *Pars vite et reviens tard*
Vargas, *Un lieu incertain*

Verne, *Deux ans de vacances*
Verne, *Le Château des Carpathes*
Verne, *Le Tour du monde en 80 jours*
Verne, *Madame Zacharius, Aventures de la famille Raton*
Verne, *Michel Strogoff*
Verne, *Un hivernage dans les glaces*
Verne, *Voyage au centre de la terre*
Vian, *L'écume des jours*
Vigny, *Chatterton*
Virgile, *L'Enéide*
Voltaire, *Jeannot et Colin*
Voltaire, *Le monde comme il va*
Voltaire, *L'Ingénu*
Voltaire, *Zadig*
Voltaire, *Candide*
Voltaire, *Micromégas*
Wells, *La guerre des mondes*
Werber, *Les Fourmis*
Wilde, *Le Fantôme de Canterville*
Wilde, *Le Portrait de Dorian Gray*
Woolf, *Mrs Dalloway*
Yourcenar, *Comment Wang-Fô fut sauvé*
Yourcenar, *Mémoires d'Hadrien*
Zafón, *L'Ombre du vent*
Zola, *Au Bonheur des Dames*
Zola, *Germinal*
Zola, *Jacques Damour*
Zola, *La Bête Humaine*
Zola, *La Fortune des Rougon*
Zola, *La mort d'Olivier Bécaille et autres nouvelles*
Zola, *L'attaque du moulin et autre nouvelles*
Zola, *Madame Sourdis et autres nouvelles*
Zola, *Nana*
Zola, *Thérèse Raquin*
Zola, *La Curée*
Zola, *L'Assommoir*
Zweig, *La Confusion des sentiments*
Zweig, *Le Joueur d'échecs*

NOTES

....

....

....

....

....

....

....

....

....

....

....

....

....

....

....

....

....

....

....

....

....

....

....

....

....

....

....

....

....

....

....

....

....

....

....

....

....

....

....

....

....

Printed in Germany
by Amazon Distribution
GmbH, Leipzig